청소년 시선
009

어른이 되는 것은 무섭다

오성인

시인의 말

중학교 때 받았던 수행 평가를
마무리하는 데 이십 년 넘게 걸렸다

계엄이 선포되던 밤,

부디 나처럼 살지 말라던
아버지의 말이 생각났다

슬픔은 왜 잊을 만하면 반복될까
눈물을 들키지 않으려 광장에서
깃발과 응원봉을 힘차게 흔들었다

이것은 아무 일도 없었던 것처럼
살아 낸 지난날의 이야기

2025년 10월
오성인

차례

1부 어쩌지 오늘은 학교 가기가 싫다

2부 내 교실은 학교 밖

3부 수행 평가가 영영 끝나지 않는다

4부 늦지 않았으니 그만 집으로 돌아가자

시인의 산문

독서활동지

1부

어쩌지 오늘은 학교 가기가 싫다

엄마는 아이스크림

생계를 책임지기 위해 엄마는
집 근처에 있는 뷔페에서 주방
보조원으로 일했다

오전 여덟 시 반에 나가
오후 열 시가 넘어서야 돌아왔던

엄마는 가끔 큼지막한
아이스크림 통을 들고 왔다

바닐라 딸기 초콜릿으로 구성된
아이스크림은

향과 맛과 색상이 달라도

어색하지 않고 서로 입안에서
자연스럽게 조화를 이뤘는데

아이스크림 통이 모두

비워지기도 전에 아버지와 엄마는
자주 불협화음을 내며 녹아내렸다

엄마 뷔페에서 일한다고 어디 가서
절대 입 밖에 내지 말라는 할머니의
신신당부를 듣게 되는 날이면

마음 한구석이 견딜 수 없이 시리면서도

금방이라도 녹아 사라질 것 같은
몸으로 아이스크림 통을 끌어안고
집으로 돌아오는 엄마를

밤 깊어 가는 줄도 모르고
간절히 기다렸던 시절이었다

엄마의 마음

폭우가 내린다는 예보에도
우산을 가져가지 않았다가

쫄딱 비를 맞고 생쥐 꼴이 되어
집에 온 나를 보고 엄마가

하이고, 니도 난중에 니랑 똑같은
자식 어디 한번 낳아 봐라

그때 가서야 이 에미 속을 알겠제

푸념하던 그날 밤,
정말로 나와 똑같은 아이를 만났다

인적 드문 곳 위험한 곳 절대
가지 말라고 골백번 신신당부했는데
어디서 누구한테 맞았는지 아니면
넘어졌는지 얼굴과 몸에 온통

멍이 들고 와서는
아무렇지 않은 듯 배시시 웃고

수업 준비물 사라고 준 용돈으로
피시방 가고 군것질하고 포켓몬 고
게임 코인 충전하고

급기야는 도저히 안 되겠다고
학교에 좀 오셔야겠다는 선생님

메시지를 받고 화들짝 놀라 깼는데

내가 속깨나 썩일 때마다 엄마는
모든 순간이 꿈이기를 바랐을 것이다

성인이 엄마

고희숙 여사 대신
어이, 성인이 엄마로 불렸던 엄마
성인이 엄마가 아니라 본명인
고희숙 여사로 살았다면
전국대학미전 특선에 입상할
정도로 그림에 조예가 깊었던
엄마는 레오나르도 다빈치
빈센트 반 고흐 에드바르 뭉크
파블로 피카소 이중섭에 결코
꿀리지 않는 화가가 되었을지도
모른다 광주 사직 공원 유인원
구역 철창살 너머의 원숭이
표정에서 오월 광주의 슬픔을
읽었던 엄마의 피가 나에게
전해졌을까 가끔 나는 엄마가
그린 그림 속으로 들어갔다
나오는 꿈을 꾼다

성인이 아빠

연애 시절 엄마는 아빠를
만날 때마다 지교 씨, 라고
부르곤 했다는데 지금은 예말이요*
성인이 아빠, 라고 부른다
성인이 아빠 대신 본명인
오지교 옹으로 불렸을 적
아빠는 공 차는 것을 좋아하고
노래와 그림 그리기 글쓰기에
관심이 많았고 불의를 보면
참지 못하고 앞으로 나서서
울분을 토했다는데 그런 아빠의
발목을 잡은 것은 빨갱이라는
오랜 꼬리표, 떼려야 뗄 수 없는
끈질긴 족쇄가 아빠를 그늘 안에서
한 발자국도 밖으로 나가지 못하게
번번이 가로막았다 아빠를 열고
닫을 때마다 서늘한 그림자 하나가
내 뺨을 스치곤 했다
어른이 되기 위해서는

이해하지 않으면 안 될
아빠의 깊은 슬픔이었다

* '여보세요'의 전라도 사투리.

제 아버지입니다

어쩌지 오늘은 죽을 만큼
학교 가기가 싫다

오늘 제출해야 할 수행 평가는
절반밖에 못했고 중간고사 망해서
방과 후에도 늦게까지 학교에
남아야 하고 특히 교실 뒷자리에는

언제나 나를 잡아먹으려 안달이 난
우리 반 대표 빌런 병수가 있으니

더도 덜도 말고 딱 하루만 집에서
쉬기 위해 전화를 걸어

아, 저 안녕하세요 고생 많으십니다
담임 선생님 되시죠 다름이 아니고
오늘 성인이가 몸이 좀 안 좋아서
학교를 못 갈 것 같습니다

이러쿵저러쿵 사정을 말하자
담임 선생님이 묻는다

어허이, 그래요? 어디가 어떻게
안 좋답디까 이상하구만요 분명
어제까지 팔팔 날아다니고 까불고
다니던 녀석이 왜 갑자기 아플까

그나저나 전화 주신 분은 누구십니까

그 말에 기다렸다는 듯이
제 아버지입니다, 라고 대답했는데

추궁이 이어진다 제가 누구입니까?

제는 그러니까 그게
아차차, 계획이 들통나 버렸다

낚시터

어린 우리 형제를 데리고
자주 낚시를 다녔던 아버지는

낚시 전문 잡지에 소개된 적 없고
사람들이 많이 찾지 않는

마을 저수지를 주요 포인트로 골랐다

도대체 왜 이런 데만 다니시는지
특별한 이유라도 있으신 건지

저수지가 다 거기서 거기 아니냐고 묻자

잡지에 나왔거나 사람들 이미 많이
다녀간 데는 배스 블루길 투성이여
떡밥을 던져 줘도 잠잠하당께

논두렁 따라 피는 잡풀도 다
제멋이 있듯이 붕어도 제각각이라서

각시붕어 버들붕어 희나리* 떡붕어
여러 종류가 있는디

토종 붕어가 가장 붕어다워서
좋다고 아버지는 말해 줬는데

아버지가 낚시를 가는 진짜 이유는

잊을 만하면 검버섯처럼 번지는
죄책감을 잊기 위해서였다는 것을

종종 허탕을 치면서 알게 되었다

* 떡붕어와 토종 붕어의 중간 형태를 띠는 우리나라 고유 어종이며
  부산·경남 지역에서 흔히 볼 수 있다.

수박이 주렁주렁

명절을 앞두고 오랜만에

친척들과 모여 수박을 먹는데

너 수박씨까지 다 먹으면

나중에 뱃속에서 수박이 주렁주렁

열린다는 사촌 형의 말을 듣고

그날 밤 좀처럼 잠을 이루지 못했다

정말로 뱃속에 수박이 열리나

그러면 배가 무섭게 부풀어 오르고

움직이지 못해서 학교도 가지 못하고

친구들도 만나지 못하고 좋아하는

희원이에게 고백도 하지 못하겠지

안절부절못하다가 거대한 수박에 눌리는

악몽을 꾸고 화들짝 잠에서 깼다

밤잠을 설쳐서 하루 종일

수박이 열린 듯 머리가 무거웠다

거시기

아빠는 말끝마다 거시기

아침 창밖을 보면서 오늘은
날씨가 좀 거시기헌디

냉장고를 안을 살피면서 엄마에게
어이, 저번에 거시기 얻다 두었능가

등교 준비하는 나에게 거시기한 거
없는지 다시 꼼꼼히 살펴봐라잉

그런데 나는 거시기를 알 것만 같아

이따금 도대체 거시기가 뭐냐고
물으면 커 봐야 정확히 안다고
아빠는 웃으며 말하는데

덩달아 전염이 되어서인지 거시기는
내 입에도 자연스레 붙어서

숙제가 뭐였지 아, 거시기였나
선생님 사정이 있어서 거시기를
못했는데 내일까지 제출할게요
오늘 친구랑 시내에서 거시기 있어요

말하기 귀찮거나 무섭고 혹은
부끄러울 때 모른 척해 주는 마법의 말

거시기는 언어의 모자이크

나중에 알고 보니 거시기가
표준어라는 사실이 더 충격이다

어른이 되는 것은

나이를 먹기 위해서는
무언가 하나씩을 버려야만 하는 걸까

철딱서니 없는 물건들 사촌 동생들에게
물려주자는 엄마의 말에

초등학교 졸업하면서 유치원 때부터
애지중지하던 레고를 처분했고

레고와 함께 슈퍼로봇 프라모델
디즈니 동화 시리즈도 함께 사라졌고

중학교 졸업할 때는 있는 돈 없는 돈
써 가며 모았던 포켓몬스터 프라모델을 버렸고

고등학생이 무슨 아직도 이런 걸 갖고
있느냐고 그동안 나를 있게 한 삼국지
서유기 창세기전 각종 게임 CD와

짱구는 못말려 드래곤볼 만화책이
한꺼번에 버려졌다

이제는 더 버릴 것이 없을 텐데

고등학교를 마치면 또 무엇이 버려질까
꼭 무언가를 버려야 어른이 되나

아끼는 것들을 버리지 않으면서
어른이 되는 방법은 없을까

어른이 되는 것은 무서운 일이다

거짓말 1

어디 가서 누구한테 함부로
절대 거짓말하믄 못쓴다

신신당부해 놓고 정작 거짓말을
잘하는 사람들은 어른들이다

세상에서 공부만큼 쉬운 일이
없었더라는 수업 시간 선생님의 말

너는 참맬로 어디 다리 밑에서
주워 온 모양이어야라는
엄마의 푸념

언젠가 아빠와 목욕탕에 간 날
어이구 시원하다 하는 말을 듣고
온탕에 발을 들였다가

생각보다 뜨거운 온도에 놀라서
혼비백산하기도 했었는데

선생님도 아빠도 엄마도
세상에 믿을 사람 없다

믿을 건 오직 나 자신뿐

아무 일 없었어요
— 거짓말 2

학교에서 돌아온 나를 살피다가
돌연 토끼 눈이 된 엄마가

오메 오메, 너 여기가 으째 이렇게
시퍼렇냐 시간도 이상하게 많이 늦었고

학교에서 뭔 일 있었냐 묻자
나는 한 걸음 물러서며

체육 시간에 공 차다가 넘어져서 그랬어요

깜빡 잊고 지갑을 놔두고 가서
버스 못 타고 걸어와서 이렇게 돼 버렸네

아무 일 없었으니까 걱정 마세요

얼버무리고는 도망치듯
욕실 안으로 들어왔다

샤워기의 물줄기가 긁히고 파인
상처의 내력을 읽어 내자

참았던 울음이 쏟아지는데

일터에서 진종일 이리 치이고 저리 치이며
사람들에게 시달렸을 엄마에게 학교에서
친구들에게 집단 폭행당하고 지갑을 통째로
갈취당했던 일을 차마 이야기할 수 없었다

엄마의 마음을 가라앉히기 위해 지어낸
거짓말이 오래 푸른 통증으로 남았다

방문 전도

혁신 도시가 생긴 뒤
아파트와 상가들이 차례로
들어서고 사람들도 하나둘
늘어나더니

교회도 새로 생긴다

그저께는 사랑이 넘치는
교회, 어제는 은혜로운 교회
오늘은 복이 있는 교회

적게는 두 명 많게는 서너 명
조를 이뤄 집으로 찾아와

형제님 넘치는 사랑 어서 받아 가세요
주님의 은혜가 기다리고 있습니다
없던 복이 저절로 생길 거예요

설득할 때마다

저는 언어의 사원에 살고 있습니다
언어를 신으로 모시는 일에 정성을
다하느라 바쁩니다 미안합니다

정중히 사양하는데

연설하고 앉았네
등을 때리는 엄마 목소리

나에게는 엄마가 신이다

웬수

오늘 기온 영하로 떨어진다고 하니까
옷 두껍게 입으라는 말을

흘려듣고 나갔다가 감기 몸살에 걸려
골골거리고 있는 나를 보고

으이그, 하이간에 나가 이럴 줄 알았어
너 땜에 못 살아 이 웬수야

혀를 차며 엄마는 벽장에서 히터를 내어 온다

원한이 맺힐 정도로 자기에게
해를 끼친 사람이나 집단인

원수는 영영 눈도 마주치지 않고
말도 섞지 않을 정도로 살벌하지만

엄마의 마음이 섞이면

어디 가서 잘못되면 어떡하나
혹시나 누구한테 괜히 해코지당하고

싫은 소리 듣고 오지나 않을까

눈에 보이지 않는 곳에서
자꾸만 뒤돌아보고 살피며

진종일 애간장 졸이는 웬수가 된다

철없는 나를 사람으로 만든 건

팔 할이 웬수다

2부

내 교실은 학교 밖

졸업을 앞두고

졸업이 한 달 앞으로 다가오고
이 말은 꼭 해야 후회하지 않을 것 같아서
그동안 차마 털어놓지 못했던 말들을
차례로 편지지에 적는다
선생님은 어째서 유독 저만 그렇게 미워하셨어요?
승우야 임마, 너는 약한 애들 그만 좀 괴롭히고
제발 사람 좀 돼라!
민상이는 빌려 간 게임 CD 도대체 언제 줄 거야?
태균이 너 때문에 배꼽 한 백 번 정도
떨어졌던 것 같은데 다시 줍는 일도 만만치 않았다야
대략 마음 전할 사람에게는 다 적은 것 같은데
희원이에게는 끝내 좋아한다는 말을
전하지 못했다

선생님은 왜

우리보고는 학교랑 교육청 사이
쪽문으로 다니지 말라면서

선생님은 왜 그쪽으로 다녀요?

학교 중앙 현관 절대 이용하지
말라고 날마다 당부하면서

선생님은 왜 이용하는 거예요?

술 담배 해로우니 손대지 말라
해 놓고 선생님은 왜 교무실에서

가끔 담배를 피우고 수련회나
수학여행에서 술을 드시는 거예요?

급식 먹으려고 친구들과
줄 서 있는데 어디서 갑자기 오셨는지

선생님은 왜 차례를 기다리지 않고
중간에 끼어드시는 거예요?

도대체 선생님은 왜 그러시는지

이해가 되지 않아서
대답을 듣고 싶을 뿐인데

예끼, 버르장머리가 없어 그런 거
묻는 거 아니야 면박이 날아온다

선생님이라고 해서
배울 점만 있는 것은 아니다

어째서 나에게만

깜빡 잊고
어제만 숙제를 하지 않았는데

우리 반 뒷자리 키 큰 놈이
먼저 시비를 걸어서 싸웠지만

일방적으로 나만 얻어터졌고

체질에 맞지 않아서
우유를 먹지 않는 것인데

도대체 너는 정신머리가
있냐 없냐 네가 먼저 사과해
남들 다 먹는데

어째서 너만 그러냐 너만

무슨 중대한 잘못을 저질렀다는 듯
선생님은 매번 나에게만 책임을 묻는다

그러다가 스승의 날을 맞아
엄마가 두꺼운 박스 하나를 들고
학교에 다녀갔는데

도대체 무엇이었는지는 모르지만

그날 이후 선생님은
나만 호되게 나무라지 않았다

강변 옆 학교

손을 뻗으면 물살이 우우우 달려와
손을 휘감는 학교는 강과 가까워서

창문을 열면 가끔 물에 젖곤 했는데

여름 방학을 마치고 학교에 올 때면
교실 자리가 꼭 하나씩 비었다

일 학년 여름 방학 때는 늘 떡볶이를
입안 가득 넣고 우물거리며 들뜬
표정으로 집에 가던 정훈이가

이 학년 여름 방학 때는 우리 반에서
가장 약골이어서 지금보다 더
건강해지겠다고 다짐했던 승규가

삼 학년 여름 방학 때는 약방의 감초
역할을 톡톡히 하던 자칭 개그맨 동수가

장마철 폭우로 불어난 강물에
휩쓸린 뒤 영영 돌아오지 않았고
흰 국화꽃이 놓인 빈자리에는
물결만 야속하게 출렁거렸다

정훈이가 자주 들락거린 떡볶이집과
승규가 매일 달리기를 했던 운동장 트랙
동수의 배꼽을 쏙 빼놓았던 만화책들

그 자리에 덩그러니 남겨진 것들마저
물살에 휩쓸려 떠내려가면 어떡하지

더 이상 친구들을 잃지 않았으면
좋겠다는 간절한 마음으로

해마다 높이가 달라지는 강둑을 바라봤다

강의 얼굴

강변을 걷는 일은 강물의
기분을 헤아리는 일

강변을 걸어 학교를 오가면서
나도 모르게 강물의 얼굴을 살피는

버릇이 생겼다

평소 차분하고 온화한 표정으로
부드럽게 나아가다가도

감당할 수 없는 폭우를 만나면

강물은 참고 참았던 응어리가
넘쳐 울분을 토하는 아빠가 되고

비가 너무 오지 않으면
나 때문에 애를 태우기 일쑤인
엄마가 되고

어젯밤 윗동네에 기습적으로 내린
극한 호우로 흙탕물이 된 강물은
도무지 속내를 알 수 없는
선생님이 되는데

집과 학교를 오갈 때마다
손잡고 재잘재잘 이야기하며 걷는

친구 같은 강물이 나는 좋다

만우절

이 분 간격으로 태어난
일란성 쌍둥이인 나와 동생은

얼굴이 비슷하고
말투와 목소리도 여간해서는
분간하기가 쉽지 않은데

성격이 안으로 굽은 나는
늘 이리저리 고민만 하는 일이
잦은 데에다 친구들에게 다가가거나
말 거는 일도 조심스러워하고

동생은 생전 처음 방문한 장소에도
곧잘 적응하고 낯선 사람들과도
금방 친밀해지곤 했다

그런 서로의 학교생활이 궁금해서
만우절 날 교복을 바꿔 입고 학교를
바꿔서 갔던 것인데

야, 너 유인이 아니구마 짜식이
자기 자리가 어딘지도 모른 채
능청스럽게 가서 앉았고 자기 반
담임 선생님도 몰라봐 오늘 어디
진도 나가는지도 모르고

나 원 이거 기가 막혀서
둘이 당장 원상 복귀해

눈썰미 예리한 동생의 담임 선생님은
누가 누군지 훤히 알고 있었다

내 교실은 학교 밖

다른 친구들이 자격증 취득이나
회사 면접 준비로 바쁠 때

나는 낙엽과 더불어 바스라져 가는
단어와 바람이 실수로 떨어뜨리고 간

문장을 줍는 일에 시간을 보냈는데

미래를 계단처럼 세는 데에는
서툴러 진땀 빼기 일쑤였지만

원고지 빈칸에 별과 달의
목소리를 새기고 버려진 골목 담장에
풀꽃처럼 핀 낙서를 번역하는 일은
더할 나위 없이 즐거웠던

나는 자주 교실을 옮겨 다녔다

지하철 종점 빈자리와

눈에 띄지 않는 도서관 구석진 곳
먼지 내려앉은 시집, 다 지워진 가게
간판 아래 혼잣말 같은 광고 문구

마침표보다 쉼표에 많이 걸터앉고

가끔 오래된 고백을 어쩌지 못하고
남몰래 끙끙 앓은 적도 있었다

이미 답이 정해진 문제보다
긴장감 가득한 오답이 좋은

내 교실은 언제나 학교 밖이었다

화장실 청소

다른 곳은 다 정했는데
여기만 아직 정하지 못했네
교직원 화장실이라서 너희들
사용하는 곳보다는 수월할 텐데

누가 당번할래 말해 봐라

선생님의 말에 아무도 선뜻
나서는 친구들이 없어서
새로 지은 것처럼 매일 깨끗하게
청소해 놓을 테니 저에게 맡겨 주세요

라고 손을 번쩍 들었다

그리고 다음 날부터 오전과
오후에 한 번씩 청소를 했는데
너 무슨 잘못했냐 왜 여기서
청소를 하고 있어

의아한 선생님들이 한마디씩 했다

무슨 잘못을 저지른 것이 아닌데
잘못을 하지 않아도 화장실은
누구나 다녀올 수 있는 곳인데

내가 청소 당번이라고 하자
선생님들은 고개를 끄덕였다

가끔 누구에게도 말하지 못할
사정이 있거나 괴로운 마음을
함부로 들키고 싶지 않은 선생님들이
잠시 몸을 숨기듯 머무르기도 했는데

고뇌와 비밀이 새어 나가지 않게
벽과 바닥을 꼼꼼하게 문지르고 씻었다

힘내세요 선생님

학교 다닐 때 공부는 잘했어요?
남자 친구 있어요? 좋아하는 가수나
배우가 누구예요? 넷플릭스 보세요?
먹방은요? 게임 좋아하세요?

짓궂거나 쓸데없는 질문에도
핀잔을 주기는커녕 나도 너네들과
다르지 않다고 다정하게 조근조근
이야기했던 선생님이었는데

갑자기 몸이 좋지 않다면서 며칠
학교에 나오지 않으셨다

왜 우리 애한테 맨날 이상한 문제만
물어보느냐 우리 애 먹는 음식 뭐
조심해야 하는지 그걸 모르면
어떡하느냐 학원 늦으면 책임질 거냐

수업 시간에 잠깐 핸드폰 좀 볼 수 있지

그깟 일 가지고 애한테 상처를 주느냐

그건 결코 선생님 잘못이 아닌데

선생님이기 전에 누군가의 하나뿐인
딸이고 아내이고 엄마일 텐데

보이지 않는 곳에서 소리 없이
무너지고 있었다 선생님이라는 이유로

아프다는 말 한마디 쉽게 하지 못했을 날들

다정한 마음마저 무너지지 않게
선생님을 지켜드리고 싶다

취향의 변화

사소한 오해로 말다툼을 벌이고
치고받으면서 난투를 벌였다가도
게임 CD 한 장만 있으면 금세
둥글어지곤 했던 시절

아직 만렙도 달성하지 않았고
엔딩도 보려면 한참이나 남았는데
그 게임 정말 해 보고 싶다는 은준이의
간곡한 말에 우리는 일주일 동안
게임을 교환했다

롤플레잉 게임을 주로 좋아했던
나는 은준이에게 서유기 게임을
전략 시뮬레이션 게임 마니아였던
은준이는 나에게 삼국지 게임을

서로 빌려줬는데 일주일은 촉박한 시간

은준이는 제천대성 벼슬은커녕

부처님 손바닥에서 진땀 빼고 있고
나는 황건적 토벌도 못해서

엔딩까지 보고 돌려주기로 했는데

겨울 방학에 들어가기 전 만난 은준이는
비밀 장소와 숨겨진 아이템을 찾는 데
어느새 고수가 되어 있었고 나는
마음을 얻고 읽는 방법에 능숙해져 있었다

궁금해진다 은준이는 지금 어디서
어떻게 살고 있는지

무엇을 좋아하고 싫어하는지

아무 일도 없었던 것처럼

또래들보다 키가 작고 눈이 좋지 않아
언제나 교실 앞자리에 앉았던

재훈이는 눈치 백단에 행동이 민첩해서

쉬는 시간이 되면 부리나케 뒷문에
몸을 숨기고 얼굴만 빼꼼 내밀고는
실시간으로 복도 상황을 살폈다

그런 재훈이만 믿고 모두들

수업 시작을 알리는 종이 울려도
삼삼오오 모여 노는 데 정신이 없었는데

떴다! 떴다! 비상 비상!

재훈이의 다급한 외침에 우리는
부리나케 제자리로 돌아가

아무 일도 없었던 것처럼 앉았다

하지만 누가 늦게까지 간식을 먹고
큰 소리로 떠들고 몰래 티브이를 보고
컴퓨터로 게임을 했는지

담임 선생님은 훤히 간파하고 있었다
누구도 속일 수 없었다

이놈아, 너부터 이리 나와
망을 봤던 재훈이가 가장 먼저 불려 나갔다

비행기

난생처음 친구들과
비행기 타고 제주도로 수학여행 가던 날

속도를 높인 비행기가 이내
바람을 가르며 지상으로부터

서서히 멀어지고 점점
구름보다 높아지는데

사람이 이승을 떠나면 하늘나라로
간다고 철석같이 믿고 있었던 나는

창밖 풍경을 유심히 살폈다

너무 갑자기 인사도 없이
돌아가신 외할아버지 외할머니와
외삼촌이 오메, 니 왔냐
오랜만이다잉

아빠 엄마 건강하시제
환하게 웃으며 반겨 주실까 봐서였는데

곧 제주 공항에 착륙할 것이라는
기장의 안내 방송이 나올 때까지
아무도 만나지 못했고

허깨비에 단단히 홀렸다는 생각에
구름만 실컷 휘저었다

홍어 맛

체험 학습 날,
점심시간에 친구들과 모여 각자
가지고 온 도시락을 나눠 먹는데

멀리서 선생님들이 젓가락을
치켜들며 야, 너네들 잠깐
이리 와서 홍어 한 점 맛봐라 부른다

성적도 어중간하고 뭐 하나
특별히 잘하는 것 없지만

홍어 맛만큼은 일가견이 있는
내가 부리나케 달려가자

선생님 한 분이 날개 살 한 점
초장에 찍어 건네주시는데

아, 겨우 날개 살 먹을 거면 여기로
건너오지 않고 친구들이랑 그냥

도시락 먹고 있었죠

말하면서 선생님들 아무도
건드리지 않은 홍어 코를 날름
집은 뒤 고춧가루 섞은 소금에 찍어
입안에 넣고 오도독 씹는데

학교에서 독사라는 별명으로
소문난 학생 부장 선생님

그런 나를 보고 와따,
너 인자 봉께 징허게 야물어야 하신다

풍선껌

수업이 끝나고 교문을 빠져나오는
친구들을 앞에서 기다리고 있던

학원 차가 부랴부랴 주워 담는다

들뜬 마음으로 부풀어 금방이라도
하늘로 날아오를 것 같았는데

이내 시무룩해져서 차창을
베개 삼거나 땀에 전 교복에

얼굴을 묻고 쪽잠을 청한다

차가 덜컹거릴 때마다 머리가
이리저리 흔들리고 부딪친다

학교가 있는 구도심에서
학원이 있는 신도시로 가는 동안

곧게 뻗은 큰길과 굽이지고
좁은 길, 평탄하고 매끄러운 도로와
거칠고 울퉁불퉁한 도로가
번갈아 가며 이어지는데

집에서 학교로 학교에서 학원으로
매일 정해진 루트를 돌면서 우리는

왜 일정한 모양과 크기와
색깔을 강요받을까

학원으로 향하는 차 안에서

알록달록한 꿈들이 풍선껌처럼
부풀었다가 터지고 있다

카페인

커피 많이 마시믄 뼈가 녹아서
키가 안 큰다드라 잠 쫓는다고

커피 마시지 말고 웬만하믄
다른 음료 마셔라

주말도 없이 학원으로 향하는
나에게 엄마는 신신당부했지만

하루에 한 잔이라도 마시지 않으면
아무래도 불안하고 섭섭해서

학원에서 가까운 카페로 들어간다

나 때는 라떼 한 잔만으로는
간에 기별도 가지 않았다는
어른들 사이에서

나는 얼어 죽어도 아이스

아메리카노라고 외치는데

밤새도록 불을 밝히는 학원과
거리의 간판들도 잠을 쫓으려
나처럼 뼈가 녹아내리는 일을
기꺼이 감수하는 걸까

얼마나 뼈를 깎고 녹여야
불투명한 미래는 확실해지나

재활용 통을 가득 메운 플라스틱 컵마다
꿈을 잊은 밤들이 눌어붙어 있다

3부

수행 평가가 영영 끝나지 않는다

시험 기간 1

괜찮아 아직 칠 일 전이니까
학교 끝나고 친구들이랑
축구 한 게임 해도

남아도는 게 공부 시간인걸

오 일 후지만 뭐 어때
평소에 자습 복습해 둬서
언제든 자신 있는걸

어느덧 사흘 앞이라니
잠깐 머리 식힐 겸
넷플릭스 영화 한 편 봐야겠다

바로 내일이 시험이라니
믿어지지 않는다

불이라도 붙었나 아니면
누가 몰래 바닥에

바늘이라도 늘어놓았을까

한 시간 후 수학 시험
발등이 왜 이렇게
뜨겁고 따가운 거야

벼락치기 내 인생

시험 기간 2

내일부터 중간고사 기간이니
자리를 시험 대형으로 배치하라는

교내 방송을 듣고
교실 책상과 의자를 사 행 칠 열로 맞춘다

방금 전까지 붙어 앉아

수다를 떨고 장난을 쳤던
민호와 나 사이에 벽이 세워진다

너 공부 많이 했냐
잠을 제대로 못 잔 얼굴인데

걱정하는 마음에 건넨 안부가
사정을 살피기 위한 심문으로 들려

능청스럽게 사물을 감추는 마술사처럼

아니, 내내 놀다가 어제서야 부랴부랴
공부 시작했는데 머릿속에 제대로
들어오는 게 없네

완전 망했어 이번 시험

억지로 울상을 지으며 서로에게
응원과 격려를 보내는데

시험 기간에 바뀌는 것은 자리만이 아니다

일정 하나를 마칠 때마다
민호와 나 사이 벽이 조금씩 낮아진다

시험

동굴 안에서 쑥과 마늘만 먹으며
삼칠일을 견딘 곰처럼

친구들과의 카톡도 줄이고
쏟아지는 잠도 간신히 참아 가며

이것만은 반드시 나온다고
선생님이 알려 준 부분 집중적으로

공부했는데도 포맷된 것처럼
아무것도 생각나지 않는다

어째서 시험만 치르면
내가 공부한 것과는 아예 다른
문제들만 수두룩 나오는 걸까

함수의 극댓값과 극솟값, 두 개의
주사위를 던질 때 합이 7이 될 확률과
질량 2kg의 물체에 10N의 힘이 가해졌을

경우의 가속도, 5Ω 저항에 2A의
전류가 흐를 때 전력을 구하는 문제

방금 전까지도 자신감으로 충만했던
머릿속이 막막하고 깜깜해진다

나만큼이나 별스럽게도 변덕스러운 시험지

그러나 나에게는 초등학교부터
중학교를 거쳐 고3에 이르기까지
무려 십이 년 동안 쌓아 온 오랜
찍기의 노하우가 있어

머리를 굴리면 미끄러지고
감으로 찍으면 정답이리니

호흡을 고르고 펜대를 굴린다

혼자인 건 맞지만

나는 학교의 마지막 재학생 전교생이
나 혼자여서 조용한 나머지

조심스러운 발소리에도 흠칫 놀라는 복도

교실 문을 열면 나보다 먼저 와서
바닥에 앉아 있는 햇살이 나를 반긴다

운동장 한편에는 페인트칠이 다
벗겨져 녹슨 농구 골대와 기약 없는
누군가를 기다리는 듯 연신 삐걱거리는 그네

더 이상 승자도 패자도 없는 운동장에서

나는 혼자 공놀이를 한다 골대를
빗나가 튀어나온 공이 손에 들어오기
무섭게 뒤도 돌아보지 않고

냅다 튀어 나가는데

굴러가는 공을 잡으러 쫓아가다가

문득 멈춰서 바라본 학교 밖 아름드리
벚나무는 어느새 잎을 모두 떨어뜨리고
가지 끝에는 까치 하나가 앉아서

멀어지는 계절과 함께 울고 있다

혼자인 건 맞지만 텅 빈 건 아니라고
다가와 손을 잡는 그림자

시간은 느리게 책장을 넘기고
나는 적막한 문장처럼 교실에 앉아 있다

끝나지 않는 수행 평가

중학교 삼 학년 무렵 국사 시간
수업을 마치면서 선생님은
5·18 광주 민주화 운동이 있은 지
올해로 이십이 주년이 되었다면서

각자 자유 형식으로 조사해 오라는
수행 평가 과제를 부여했다

친구들은 너도나도 앞다투어 직접
팔십 년 오월 안으로 들어가

외신 기자가 되어 보기도 하고
시민군이 되어 도청을 굳게 지키거나
주먹밥을 뭉쳐서 건네고 부족한
혈액을 나누는 일에도 동참했는데

나도 부모님과 함께 팔십 년 오월로
다녀오면 좋을 텐데

어째서인지 묵묵부답이던 아버지는

네가 인터넷 찾아보고 알아서 해라
알아서 하란 말이다 크게 화를 냈다

그러다가 결국 기한은 지나가 버리고
다른 아이들은 다 해 왔는데 왜 너만
수행 평가를 하지 않았느냐며
눈물이 날 만큼 사정없이 매를 맞았는데

이십여 년이 흘러 당시 왜 아버지가
역정을 냈는지 이유를 알게 되었고
뒤늦게 수행 평가가 진행되었는데

선생님은 세상에 계시지 않는다
수행 평가가 영영 끝나지 않는다

덥석

시험 기간도 끝나고 공부하느라
고생했으니 맛있는 것 사 주겠다는

선생님을 친구들과 함께 따라나선
하굣길, 정류장에 내려 걸어가는데

빛바랜 다홍색 셔츠와 후줄근한
모래색 추리닝을 입고 떡진 머리에
손에는 소주병이 담긴

검은 비닐봉지를 들고 한낮의 거리를
터덜터덜 걸어가는 초췌한 얼굴

단번에 누구인지 알아보고

저기 죄송해요 갑자기 몸이 좀
안 좋아서요 일찍 들어가 볼게요

양해를 구하고 재빨리 그에게로 뛰어갔다

어어, 어디 가냐 너
같이 맛있는 거 먹어야지!

등 뒤로 당황한 선생님과 친구들의
목소리가 들렸지만 못 들은 척

걸어가고 있는 앞사람 옆에 나란히
붙어 서서 검은 비닐봉지를 대신

거들어 든 뒤 앙상한 손을 덥석 잡았다

아이고, 깜짝 놀랐네 너 언제 왔냐
아버지가 쑥스럽게 웃었다

우리 아빠는요

새 학기 첫날

너희와 올 한 해 잘 지내려면
먼저 너희가 누구인지 알아야 돼
뭘 좋아하고 싫어하는지
성격은 어떤지

집에는 무슨 일이 있는지

알고 있어야 알맞은 조치를
할 수 있으니까 부끄러워하지 말고
일 번부터 차례대로 소개해 보라는
담임 선생님 말에

우리 반에서 가장 키가 작은 친구부터

저희 아빠는 고등학교 선생님이에요
저희 엄마는 대학 병원 간호사고요
저희 아빠 엄마는 둘 다 변호사라서

얼굴 보기 힘들어요

부모님이 무슨 일을 하시는지
이야기를 하는데

저희 아버지는 지금으로부터 사십오 년
전에 도청 앞에서 군인들에 맞서다가
머리와 등허리를 다친 뒤 아직까지도
몸이 아프다고 하세요

아픔을 잊으려 거의 매일 술을 마시는
아빠 대신 엄마가 공단에서 일해요

내 말에 한껏 떠들썩하던 교실이
흐리고 무거워졌다

마른 풀
— 철희 삼촌

외삼촌이 위독하다는 갑작스런
연락을 받고 의정부에서

급히 광주로 내려왔는데

외삼촌은 계속되는 폭염을
견디지 못하고 갈색으로 말라 버린

들풀처럼 병상에 누워 있었다

그 모습을 본 내가 얼른 거실
냉장고에서 보리차를 갖다드렸지만

좀처럼 생기가 돌지 않고
미약한 바람에도 자주 비명을 지르며
허리가 꺾이기 일쑤인 마른 풀처럼
외삼촌은 가슴을 부여잡고
통증을 호소했다

아이, 어디서 뭣이 잘못됐능가
잊을 만하믄 나 안에 잡풀이 막
무성해져붕께롱 풀 없애는 약을
쪼께 쳤는디 이래 되붰씨야

그랴도 울 귀여븐 쌍둥이들 봉께
목마른 것도 모르겠네

말라 죽어 가며 남긴 삼촌의 마지막
말이 해마다 오월이면 귓가에 생생하다

시간이 멈춘 공원

답답한데 볕이나 좀 쬐러 가자는
아빠와 함께 집에서 멀지 않은
5·18 자유공원에 갔다

분명 사십오 년이 지났는데

도축장으로 향하는 가축처럼
트럭 짐칸에 실려 연행된 시민들이
공포에 질린 눈으로 몸을 떨고 있고

물샐틈없는 초병의 경계 속에서
머리에 손을 얹은 채 오리걸음으로
연병장을 반시계 방향으로 도는 사람들

무기 징역 아니면 사형뿐인 재판은
언제나 끝나는지 기약이 없고

밥과 물은커녕 숨도 마음대로
쉴 수 없고 조금이라도 움직이거나

깜빡 졸기라도 했다가는 서슴없이
몽둥이질이 가해지는 영창

자유는 어디에 있나 아직도
그치지 않는 비명

시간이 멈춘 공원을 나오는 아빠 눈에
눈물이 위태로운 목숨처럼 맺혀 있다

열여덟 금희의 일기

— 故 박금희 열사*

한여름도 아닌데 광주는
곳곳이 심한 갈증에 시달리고 있어요

광주로 통하는 모든 길목을 끊고

군인들이 시민들을 총으로 쏘고
대검으로 찌르고 몽둥이를 휘둘러

무차별하게 학살을 벌이고 있습니다

끔찍하고 참담해서
눈물을 쏟아 낼 힘은 물론 피도
말라 버린 지 오래입니다

어떻게 이 갑작스러운 갈증을
해소할 수 있을까 고민하다가

나는 피를 나누는 일에 나섰습니다
고작 피 한 방울로

열아홉 나이에 조국을 위기에서 구한
잔 다르크나 기꺼이 어둠을 무릅쓰고
스스로 빛이 된 열일곱 유관순 열사처럼
될 수는 없겠지만

죽은 이름을 다시 일으킬 수는 없겠지만

슬픔으로 달아오른 누군가의
목을 잠시 축일 수는 있을 테니까

새 숨을 불어넣듯
헌혈 차에 몸을 싣습니다

* 5·18 광주 민주화 운동 당시 춘태여상(현재의 전남여자상업고등
  학교) 3학년 재학 중, 1980년 5월 21일 부상자 치료를 위해 헌혈에 나
  섰다가 헌혈 차에 가해진 계엄군의 총격에 숨졌다.

한밤의 비상계엄
— 계엄의 밤 1

쉴 새 없이 밀려드는 잠을
뿌리쳐 가며 늦은 밤까지 2학기
기말고사 공부하고 있는데

종북 반국가 세력을 일거에
척결한다면서 대통령이 계엄을
선포했다는 소식에

공부를 멈추고 티브이 앞에 앉았다

나는 북한에 가 본 적이 없는데
북한에 알고 지내는 친구들도 없는데

왜 계엄이 내려졌지 도대체 계엄이 뭐지

계엄이 뭐예요 계엄이 내려지면
우리는 이제 어떻게 되는 거예요

나보다 더 티브이에서 눈을

떼지 못하는 아빠에게 묻자

네 마음대로 친구들과 선생님을
만날 수 없게 된단다 백범 김구 선생님
안중근 안창호 윤봉길 이봉창 선생님
이야기를 듣고 읽는 일이 불법이 되고

네가 특히 좋아하는 국어 시간에 시와
소설을 배우지 못할 수도 있단다

대답하면서 아빠는

계엄군이 아빠를 잡으러 우리 집으로
불시에 찾아올 수도 있다고

밤새 티브이 앞을 떠나지 못했다

응원봉
— 계엄의 밤 2

근현대사 교과서에서만 봤던 일을
실제로 겪다니 도깨비장난일까, 아니
도깨비도 이렇게 짓궂지는 않을 텐데

이런저런 걱정에 뜬눈으로
비상계엄의 밤을 보내고 더 이상
가만히 앉아 있을 수 없어서
피곤한 것도 잊은 채 집회가 예정된
시내 번화가로 나가려는 찰나

아이, 너 뭔 화를 당할라고 그라냐
지금도 심장이 벌렁벌렁해싸는디
누구 죽는 꼴 보고 싶지 않으믄
잠자코 집에 있어라이

애타는 할머니 목소리가 목덜미를 잡는데

사십오 년이 지난 지금도 아빠는
밤마다 누군가에게 쫓기고 총소리와

군홧발 소리가 들린다며 식은땀 흘리는데
가끔 죽은 삼촌이 서럽게 흐느낀다는데

이대로 있다가는 정말 우리
소리 소문 없이 죽어 버릴지도 모르잖아요

할머니를 안심시키며 문을 나선다

기나긴 침묵을 지나 하나둘
광장으로 모이는 발걸음들

빛이 된 상처가 겨울밤을 환히 밝힌다

판박이
— 계엄의 밤 3

나라를 지키는 군인들을
후방 도시로 빼돌려서 자국민에게
총을 쏘고 대검으로 찌르고
몽둥이를 휘둘러 학살을 저지르는
모습이 하나도 빠짐없이 외신 기자
카메라 영상에 담겼는데

왜 처벌받은 사람은 아무도 없고
책임자는 죽는 날까지 호의호식했을까

국방의 의무를 다하고 있는
청춘들을 한밤중 국회 의사당으로
쳐들어가게 하고는 싹 다 잡아들여
총을 쏴서라도 싹 다 끌어내
국민을 위협하고 민주주의를 짓밟은
모습이 티브이로 고스란히 생중계됐는데

왜 사과하는 사람은 아무도 없고
책임자는 개선장군처럼 의기양양할까

사십오 년 전과 사십오 년 후가
어쩌면 이렇게 소름 끼치도록

하나도 다르지 않을까

신이 있다면 대답해 보세요

예수님은 형제님을 사랑하십니다
오직 예수님만이 천국에 가는

방법을 알고 있어요 우리
이야기 좀 할까요 잠깐이면 돼요

주말 오후 신도시에 있는 교회에서
왔다는 사람들이 현관문을 두드리는데

예수님은 어째서 나쁜 일을 벌이는
사람들을 보고도 가만히 있을까

매일 시비 걸지 않으면 몸에 가시가
돋고 물건 빌려 가고서 돌려주지 않는
우락부락한 우리 반 키 큰 빌런
제대로 벌주지 않고 선생님은 왜
매번 어벌쩡 넘어가기만 할까

제발 야속하게 지켜보지만 말고

학교 앞 건널목에서 빨리 건너가지
않는다고 빵빵거리며 투덜대는
다혈질 외제 차 아저씨

미얀마에서 온 키 작은 친구 뚜야*
피부 가무잡잡하고 말투 어눌하다고
놀리는 친구들도 정신 차리게 하고

한밤중 군인 형들에게 국회로 쳐들어가서
국회 의원 전부 끌어내라 명령 내리고 여태
사과 한마디 하지 않는 대통령 아저씨
혼 좀 났으면 좋겠다

정말로 신이 있다면

*미얀마어로 '용기 있다'라는 뜻.

4부

늦지 않았으니 그만 집으로 돌아가자

상구마을* 호랑가시나무

해마다 명절에 아버지를 따라
나주 상구마을에 가면

국내에서 가장 크고 오래된
호랑가시나무가 우리를 반겨 주었는데

아버지 말에 의하면

하나는 꽃을 피우는 수나무
다른 하나는 열매를 품는 암나무였던 것이

맞닿아 자라면서 하나가 되었다고 했다

잎사귀 끝이 가시로 되어 있는 것이
꼭 호랑이 발톱을 닮아서 등이 가려울
때마다 들러 몸을 문지르던 호랑이가

자기도 모르는 사이에 순둥이가 된다는
오랜 이야기가 전해져 오는

이 나무 아래에서는 금방이라도 때리고
죽일 듯이 날마다 이를 갈던 원수지간도
거짓말처럼 성격이 둥글어진다는데

사소한 일만으로도 자주 다투는
같은 반 준호를 불러 나무 아래

나란히 앉아 가시 돋은 마음이
잠잠해질 때까지

오래도록 같은 하늘을 바라보고 싶었다

* 전남 나주시 공산면 상구길 27.

나주에서 왔습니다

코로나가 지나가고 오랜만에
사람들과 만난 자리에서

안녕하세요, 저는 저기 나주에서 왔습니다

라고 인사하자 이미 나주를 알고 있거나
나주가 생소한 사람들이 돌아가며

나주, 나주가 어디에 있더라
아, 전라도 할 때 전주 다음 나주
광주에서 멀지 않을 텐데 영산강이 있고
나주라고 하면 역시 배지 아, 참
홍어도 있었구나

한마디씩 하는데 나주는 배와 홍어만이
전부가 아니라서

지형이 서울과 닮아 소경小京으로 불렸고
유배지로 향하거나 유배에서 벗어날 때

지나지 않으면 안 되었던 곳, 알량한 양반의
자존심을 지키려 성문을 굳게 걸어 잠갔었지만

부서지고 짓밟힌 오월을 위해
기꺼이 음식을 나누고 잠자리를 내주었던

죽음과 절망이 새살로 돋았던 곳

빈집이 늘고 밤과 고요가 다른 곳보다
일찍 내려앉지만 여전히 평평한 들녘과
강물의 마음을 지닌 사람들이 사는 곳

사라짐의 소리가 시와 노래가 되는 곳

생활이 혁명이 된다고 이야기하고 싶은
나는 나주에서 온 사람

자율 주행 버스
— AI 1

등교할 때나 수업을 마치고
하교할 때에도 버스는

언제나 제시간에 온다
기사님 없이 스스로 움직이는데도

집에서 학교까지 학교에서 집까지
신통방통하게 길을 척척 찾아가는데

폭우나 폭설이 쏟아지는 극한 날씨라면

아무리 기다려도 오지 않는다
한 시간쯤 늦게 학교에 도착해도 되는데

만일 기사님이었다면

시간이 걸리더라도 최대한
안전한 경로로 돌아가면서

학교나 집 중간 지점에 적절히
차를 세워 걸어갈 수 있게 해 주거나

기상 상황으로 시간을 정확히
지키지 못하는 점 이해해 달라고

일일이 미안한 마음 건넸을 텐데

자율 주행 버스에는 정해진 경로 밖을
선택할 자유가 없다

로봇 선생님
—AI2

칠판은 대형 터치스크린으로
바뀐 지 오래 매캐한 분필 가루 대신

집중력을 높이는 음악이
스피커의 숨구멍을 통해 흩날리고

오늘 학습 분위기는 어떤지 과연
진도를 어디까지 나갈 수 있을지

예측을 마친 선생님이 교실로 들어온다

애써 소리 내어 호명하지 않아도
교실에 설치된 감지 센서만으로

출석 체크는 끝나고

오늘 공부할 단원과 풀어야 할
문제 목록이 스크린에 출력된다

문제를 풀 때마다 현재 정답률과
오답률을 실시간으로 알려 주는데

제때 업데이트하지 않거나
학교 건물 전체에 정전이 되면

교실은 잠시 숨을 멈춘다

이래라저래라 잔소리하지 않고
깜빡 잊고 숙제를 하지 않거나
똑같은 질문을 반복해도 혼내지 않지만

그깟 문제 몇 개 틀리면 어떠냐
잘하든 못하든 성실하면 그만이지
미래는 공부에서 오는 게 아니야

가끔은 이런 말이 절실하다

음 소거
— 비대면 수업

수업이 시작되기 전
마이크 상태를 확인한다

음 소거되어 있음

가끔 실수로 동생이 칭얼대는 소리나
부엌에서 엄마가 나를 부르는 소리
문 열고 닫는 소리

이웃집 반려견 소리까지 불청객처럼
다짜고짜 들어오기 때문에

깜빡 잊은 것은 없는지
미처 감추지 못한 것은 없는지

수시로 돌아보는 습관이 생겼다

말할 때는 마이크를 켜고
말이 끝나면 다시 마이크를 끄는 것으로

교실의 질서는 유지되는데

마이크와는 상관없이
수업을 듣는 내내 묘하게 흐르는

침묵은 어떻게 할 방법이 없어

친구들에게 다가가고 싶은 마음까지
마이크와 함께 꺼졌다가 켜진다

나 때에는

스승의 날을 맞아 옛 담임 선생님 뵈러
오랜만에 찾아간 중학교

그런데 일 년 사이에
도대체 무슨 일이 있었던 걸까

모래밭 위에 겨우 축구 골대
두 개가 전부였던 운동장이

인조 잔디 축구장으로 바뀌어 있었고

축구장 오른쪽에서는 수영장과
비가 와도 아무 걱정 없이 마음 놓고

운동할 수 있는 실내 체육관이 생겼고

교실 바닥은 아무리 왁스 칠을 해도
윤기는커녕 손이나 발에

가시가 박히기 일쑤던 낡은
나무 바닥에서 장판으로 교체됐다

모든 교실마다 칠판 대신 벽걸이형
터치스크린이 설치되었는데

왜 나 때에는 없다가
졸업하고 나니까 바뀌었을까

후배들은 좋겠다

그래도 그 시절로
다시 돌아가는 것은 죽어도 싫다

삼천리 자전거

인천 구월동 살 때
엄마가 사 줬던 삼천리 자전거

균형 잡는 것이 익숙하지 않은
처음에는 네 발이었는데

보조 바퀴를 떼어 낸 뒤로는
오래 멀리 달릴 수 있게 돼서

늦은 오후 노을 속까지 페달을
굴리거나 월미도 앞바다와

나란히 달리기도 했다

그러다가 싫증이 나서 전혀 새로운
장소를 찾던 중 몰래 엄마가 그린

그림 속으로 다녀오다가

슬픈 눈으로 나를 바라보는
원숭이와 마주쳤다

왜 저렇게 슬픈 표정을 하고 있나, 나에게
뭔가 말하려고 하는 것이 있는 것 같은데

원숭이의 얼굴을 더
자세히 보기 위해 다가가다가

자전거와 함께 곤두박질했는데

놀란 가슴을 쓸어내리며
어디 많이 다치지 않았느냐는

엄마의 물음에 대답 대신 미세하게
떨리던 원숭이의 눈동자를 떠올렸다

잊을 수 없는 자전거 여행이었다

불씨

저것은 조금 전에 날아온 불씨 같은데
바람에 의해 여러 군데로 옮겨붙고 있다

숨이 죽은 듯싶었던 것이
불안한 마음으로 엎드린 들판과
야위고 메마른 산의 등뼈를 오르내리면서

도로 살아나 번지고 있다

죽었다고 생각했는데
영영 끝이 난 줄 알았는데

돌아서는 순간 다시 거세져 불씨는
반복되는 슬픔처럼 쉴 새 없이 날아들고
평온한 도시의 밤마저 집어삼킨다

총검과 헬기와 장갑차가 한 도시를
잿더미로 만든 일이 엊그제 같은데
아직 오지 않은 봄이 불타고 있다

언제쯤 내리나
슬픔과 절망을 잠재울 비는

눈을 감기 무섭게 들이닥치는 악몽처럼
되살아나는 불씨, 두려움과 비명으로
흔들리는 밤이 불길에 휩싸인다

꾸지 않은 꿈까지
남김없이 불에 타고 있다

집으로 돌아가자
— 10·29 이태원 참사 희생자를 애도함

집을 나간 아이들이 돌아오지 않는다

배가 고프다고 이 앞에서 맛있는 것
사서 금방 오겠다고 했는데 코로나로
그동안 만나지 못했던 친구들과
오랜만에 약속을 잡았다고 한껏 들뜬 채로

늦지 않게 오겠다고 했는데

가게에서 먹고 싶은 음식은 샀는지
그토록 보고 싶었던 친구들은 만났는지

밤이 늦도록 어째서 소식이 없는 걸까

핼러윈, 오늘은 영혼들이 되살아나
돌아온다는 날인데 누구나 주머니에
사탕과 초콜릿을 가득 채우고 그리운
얼굴을 간절히 기다리고 있는데

오전과 오후에 손을 흔들면서 얼른
다녀오겠다고 집 밖으로 나선 너희는

신발과 가방, 헝클어지고 찢어진 옷만
남겨 두고 어디로 가 버린 것일까

맛있는 음식을 사러 나가는 길과
친구들을 만나러 가는 길을 도대체 누가
영영 돌아올 수 없는 길로 만들었을까

늦지 않았으니 그만 집으로 돌아가자

금방이라도 골목 끝에서 웃는 얼굴로
나타날 것만 같은 너희를 기다리는 집으로

선거철에만 잠깐
— 계엄의 밤 4

더도 덜도 말고 열 명만 더 동의하면

한밤중 느닷없이 계엄을 선포한 뒤 국회로

군대를 보내 주요 인사들을 싹 다 끌어내

잡아들여라 지시하고 계엄이 해제된 뒤에도

두 번 세 번 또 계엄하면 된다 경고였고

장난이었다고 말한 내란 우두머리를

탄핵할 수 있는데 오로지 국민 여러분만 보고

나가겠습니다 한 번만 더 기회를 주시면 최선을 다해

여러분을 위해 일하겠습니다 그러니까 제발

투표해 달라고 유세차를 타고 동네를 누비면서

절은 물론 눈물 짜기 바쁘던 정치인들이

단체로 퇴장하며 투표는 무산되고

선거철에만 잠깐 가엽고 측은한 모습에

속았다는 사실에 좀처럼 일이 손에 잡히지 않는다

나는 절대 저런 어른은 되지 않을 거다

문어 나방 개구리 카멜레온 잎사귀벌레처럼

위장술에 능하지 않아서가 아니라

더럽고 치사하고 부끄러워서

포도시*라는 말에는

포도시라는 말에는

아침 등굣길 간발의 차로 버스에
올라타 멋쩍게 웃는 친구들이 있고

점심시간 종료를 일 분 남기고
급식실 문턱을 넘어선 느림보
친구들이 있고

여러 차례 시도 끝에 거미손 골키퍼
따돌리고 골 망을 가른 후 살갗이 까져
아픈 줄도 모르고 해맑게 웃는 친구와

시험이 바로 내일인데 이제야
교과서 오답 노트 찾느라 책상
뒤엎고 난리 부르스를 떠느라
한바탕 진땀 뺀 나도 있다

숨이 턱 끝까지 차올라도 기어코

우리가 함께 이뤄 낸 기적이 있다

그것은 학교 앞 포장마차에서
마지막 남은 붕어빵 하나
집어 들었을 때의 기쁨과도 같은 것

포도시라는 말은

* '겨우' 또는 '간신히'라는 뜻의 전라도 사투리.

약손

책을 읽다 갑자기 배가 찌르르 아파
얼굴을 찡그린 채 누워 있는데

그 모습을 본 할머니가 다가와서는
어디 배 이리 내봐라 하신다

거칠고 주름진 손에서 조금씩
온기가 흘러나오는 가운데

쪼께 있으믄 나아질 거다

내 손은 약손이다
무심한 것 같으면서도 뭉클한 말이

차가운 혈관을 데우고 뱃속의
매듭을 천천히 풀어놓는다

거실 티브이 소리 부엌으로부터
도마 두드리는 소리 일순간 멎고

땀에 젖은 고요만 집 안에 가득하다

금방이라도 배를 삼켜 버릴 듯
사나운 파도도 할머니 손 앞에서는
영락없이 순둥이가 되어 새근새근
잠에 빠져들곤 하는데

언젠가 나도 아픈 누군가에게
다가가 따뜻하게 남을 수 있을까

풍랑 특보가 해제된 바다처럼
잔뜩 어둡고 일그러져 있던

얼굴이 배 위에서 원을 그리는
할머니 손을 따라 조금씩 펴진다

이번 역은 이 열차의 종착역입니다

차 안에 두고 내리는 물건이 없는지
다시 한번 살펴보다가
생각이 너무 많아서
종종 휘청거리기 일쑤인
나를 일부러 선반 위에
올려 둔 채 내리고 싶은
생각이 일렁입니다 오늘도
쓸데없이 무거운 나를
배웅해 줘서 고맙습니다

시인의 산문

담장을 넘을 때마다

담장을 넘을 때마다

어릴 적 나는 굉장한 허당에 사고뭉치였다. 계단에서 말 모양 붕붕카를 타다가 데굴데굴 굴러떨어졌는가 하면 자전거를 타다가 넘어져 이마를 찢기도 했고 길에서 한눈팔며 걷다가 차와 부딪치거나 언젠가는 가족, 친지들과 유원지에서 시간을 보내던 중 의자와 함께 뒤로 벌러덩 넘어가 키를 훨씬 넘는 호수에 빠져 허우적거린 일도 있었다. 그런 나에게는 언제나 "너는 도대체가 누굴 닮아쓰까나, 참말로."하는 엄마의 푸념이 뒤따랐다.

특히 의정부에서의 일은 어제 일처럼 지금도 생생하다. 가능3동 주택의 우리 집 마당에는 당시 초등학생이었던 내 키보다 두 배 정도 높은 담장이 있었는데, 거기를 넘으면 동네를 굳이 우회하지 않아도 미군 기지 근처에 있는 이웃 동네로 곧장 넘어갈 수 있었다. 그래서 늘 친구들과 함께 차례로 담장을 넘곤 했는데, 이상하게도 그날은 자전거 굴리는 것도 영 시원하지 않았고 피아노 학원에서는 건반을 누를 때마다 다른 자리를 눌러 불협화음을 내는 등 실수를 거듭했다.

그러다가 오후에 일이 터졌다. 평소처럼 옆 동네에서 놀고 난 뒤 집으로 돌아가기 위해 담장을 넘는데 순간적으로 무게 중심을 잃고 바닥으로 곤두박질쳤다. 얼굴이 정면으로 바닥과 충돌했는데 순식간에 얼굴 반쪽이 피로 범벅이 되고 건강한 치아 몇 개도 빠져나갔다(이때의 일 때문에 치아 모양이 고르지 못하다). 인천에서 자전거를 타다가 보도블록에 이마를 찢어 수술을 받았던 때보다 부상 정도가 심했는데, 어린 나는 어디가 얼마나 다쳤는지보다 집에 들어가면 아빠 엄마에게 뭐라고 이야기해야 하는지 걱정부터 앞섰다.

다행히 담장을 넘은 일로 부모님은 크게 나무라거나 하지 않았지만, 갑작스럽게 얼굴이 반은 멀쩡, 반은 검붉은 우스꽝스러운 상태가 되어 당장 학교에 오가는 일이 부담스러웠다. 그러나 얼굴만 만신창이가 됐을 뿐, 기타 건강에는 큰 문제가 없었으므로 나는 할 수 없이 한동안 이런 얼굴로 학교를 다닐 수밖에 없었다. 다음 날 아침, "어머나, 세상에… 너 얼굴이 왜 이 모양이냐? 어제 무슨 일 있었어?"라고 놀란 담임 선생님이 물었을 때, 나는 담장을 넘는 일은 도둑 같은 범법자들이 주로 하는 행위이고 그렇기에 사실대로 이것을 말했다가는 내가 나쁜 아이로 여겨지리라는 생각에 '철봉에서 다쳤다'라는 말로 대충 둘러댔다. 그런 내 대답에 담임 선생님은 더 이상 묻지 않았고, 나는 친구들과 거리를 두고 지냈다. 초여름 무렵에야 비로소 상처가 아물었다. 여느 때보다 길고 긴 봄날이었다.

그런 일을 겪은 이후 나는 담장 넘는 일을 그만두었다. 떨어져서 다치는 일이 무섭다기보다는 기존의 길을 놔두고 애써 모험을 하고 싶지 않았기 때문이다. 그런데 상처가 아물고 얼굴 상태가 다시 예전으로 돌아왔는데도 무슨 이유에서인지 내 안에는 담장이 허물어지지 않은 채 그대로 있었다. 그것은 불규칙적이었고, 경우에 따라서는 반드시 넘지 않으면 안 되는 것이기도 했다. 부모님을 따라 의정부 생활을 마무리하고 창원으로 거처를 옮길 때도, 창원에서 다시 부모님의 연고인 광주로 이사를 올 때도 그랬고, 비로소 광주라고 하는 내 영혼의 근원지에 닿아 이곳에 서서히 스며드는 동안에도 담장은 낮거나 높게 생겨났다가 사라지기를 거듭했다.

그러니까 예전에는 마냥 부정적으로 인식되었던 담장을 넘는 행위는 어느 순간부터인가 어른이 되기 위해서 거치지 않으면 안 될 통과 의례로 다가왔는데 그 전환점은 다름 아닌 광주였으며, 담장의 다른 이름은 바로 아버지였다.

고향인 광주로 돌아온 뒤에 아버지는 일이 여간 풀리지 않아 괴로운 나날을 보냈다. 어린 나는 어째서 아버지가 이토록 괴로워하는지, 어둡고 추운 그늘에서 왜 나오지 않는지 도무지 알 수 없었다. 그런 아버지에게 다가가다가 나는 매번 굴러떨어지기 일쑤였는데 의정부의 담장보다 견고하고 가늠할 수 없을 만큼 아득한 높이였다. 그러므로 담장을 물리적으로 넘기보다 나만의 방식으로 아버지를 이해하는 것이 적절했고, 그 방편으로 선택한 것이 시였다. 아버지의 슬픔은 어디에서부터 시작되었나, 그 물음이 나를 시의 길로 들어서게 했고 단 한 순간도 손에서 시를 놓지 못하게 했다. 아버지라는 담장을 이해할 때마다 희미한 상처의 눈이 점점 또렷해졌다.

그렇게 상처를 정면으로 마주할 수 있게 되었을 때 나는, "너희들은 제발 나가 겪은 시상을 겪지 않았으믄 좋겠다…"라는 아버지의 말을 이해할 수 있었다. 1980년 오월 당시 군 복무 중 지휘부의 명령을 받고 충정봉을 만들었으나 나중에 그것이 5·18 광주 민주화 운동을 진압하기 위해 광주로 투입된 계엄군들에게 지급되었다는 사실을 알고 충격을 받은 아버지. 이러한 일로 인해 평생 스스로를 어둡고 서늘한 그늘 안에 가둔 채, '죽은' 사람으로 자처하며 살아 있으되 결코 살아 있지 않은 시간을 살아온 당신은 다시는 자신과 같은 존재들이 없기를 바랐을 것이다. 그 마음이 지난 계엄 정국 내내 나를 광장으로 나가게 했다.

돌아보면 삶은 늘 크고 작은 담장의 연속이었다. 어떤 경우에는 너무 높아 벅찼고 또 어떤 경우에는 눈에 띄지 않을 만큼 낮아서 나도 모르게 무심코 지나친 적도 있었다. 하지만 그 어떤 담장도 의미 없는 것은 없었다. 떨어지고 다친 만큼 성숙하게 하고, 멈춘 만큼 깊어지게 했으며, 돌아간 길만큼 단단해지도록 했다. 성장의 순간마다 담장이 있었던 셈이다. 지금도 나는 간혹 담장을 넘는 꿈을 꾸곤 하는데, 이것은 여전히 내가 성장 중이라는 방증인 동시에 계속해서 삶이 이어지고 있음을 상기시킨다. 고통을 넘어 진정한 이해로 나아가기 위해서 앞으로도 겪어 내야만 하는 무수한 담장들, 그 기록들이 쌓이고 쌓여 시가 되리라는 것을 나는 안다.

담장 너머로부터 소리가 들려온다. 낯설지 않은 소리다. 과거가 현재를 돕고 죽은 자가 산 자를 구해 낸 것처럼 위태로워질 때마다 나를 이끌고 살게 했던 인연들의 숨결이다.

독서활동지

▷ 「성인이 엄마」(15쪽)를 읽고 "엄마"의 타고난 재능은 무엇이고, 그 재능을 발휘하지 못한 이유를 찾아 써 보자.

[12문학01-07] 작품을 공감적, 비판적, 창의적으로 감상하며, 다양한 방식으로 작품에 대해 비평한다.

....

....

▷ 「낚시터」(20쪽)를 읽고 시적 화자가 "마을 저수지"로 낚시를 가는 "아빠"가 가진 어떤 감정을 이해하게 되었는지 말해 보자.

[12문학01-10] 문학을 통하여 자아를 성찰하고, 타자를 이해하며 상호 소통한다.

....

....

▷ 「어른이 되는 것은」(26쪽)을 읽고 자신이 청소년으로 성장하면서 잃어버린 것 중 가장 가치 있다고 생각하는 것을 하나만 들고, 그렇게 생각하는 이유를 말해 보자.

[12문학01-01] 문학이 인간과 세계에 대한 이해를 돕고, 삶의 의미를 깨닫게 하며, 정서적·미적으로 삶을 고양함을 이해한다.

....

....

....

▷ 「선생님은 왜」(40쪽)를 읽고 주변에서 비판적으로 바라볼 수 있는 인물을 한 사람 제시하고, 그 인물의 모순된 행동이나 말을 근거로 비판해 보자.

[12문학01-07] 작품을 공감적, 비판적, 창의적으로 감상하며, 다양한 방식으로 작품에 대해 비평한다.

....

....

....

▷ 「강변 옆 학교」(44쪽)에서 화자를 떠난 친구들처럼 최근 주변에서 자기 삶의 터전을 잃어버린 사람을 찾아보고, 그 사람에 대한 나의 감정을 시로 써 보자.

[12문학01-08] 작품을 읽고 새로운 시각으로 재구성하거나 주체적인 관점에서 작품을 창작한다.

....

....

....

....

....

....

....

▷ 「내 교실은 학교 밖」(50쪽) 내용 중 표현이 아름답게 느껴진 부분을 찾아 옮기고, 그렇게 느낀 이유를 써 보자.

[12문학01-06] 문학 작품에서는 내용과 형식이 긴밀하게 연관됨을 이해하며 작품을 수용한다.

....

....

....

▷ 「풍선껌」(64쪽)에 나타난 현실을 간단히 적어 보고, 비슷한 자신의 경험을 들어 현실을 공감하거나 비판하는 글을 써 보자.

[12문학01-07] 작품을 공감적, 비판적, 창의적으로 감상하며, 다양한 방식으로 작품에 대해 비평한다.

....

....

....

▷ 「열여덟 금희의 일기」(89쪽)와 같이 5·18 광주 민주화 운동 당시 저항에 앞장섰던 청소년의 사례를 찾아 15행 정도 길이로 시를 써 보자.

[12문학01-04] 한국 문학에 반영된 시대 상황을 이해하고 문학과 역사의 상호 영향 관계를 탐구한다.

▷ 「혼자인 건 맞지만」(77쪽)에 나타난 우리 사회의 문제를 찾아 정리해 보고, 그 해결 방안을 두 가지 써 보자.

[12문학01-11] 문학을 통해 공동체가 처한 여러 문제들을 이해하고 문제 해결에 참여하는 태도를 지닌다.

....
....
....
....

▷ 「한밤의 비상계엄」(91쪽)을 바탕으로 지금 우리 사회가 안고 있는 문제를 한 가지 제시하고, 해결 방법을 간단히 적어 보자.

[12문학01-11] 문학을 통해 공동체가 처한 여러 문제들을 이해하고 문제 해결에 참여하는 태도를 지닌다.

....
....
....
....
....

▷ 「상구마을 호랑가시나무」(101쪽)를 읽고 '호랑가시나무' 이야기를 통해 화자가 깨달은 점이 무엇인지 시의 내용을 바탕으로 써 보자.

[12문학01-06] 문학 작품에서는 내용과 형식이 긴밀하게 연관됨을 이해하며 작품을 수용한다.

....
....
....
....

▷ 「나주에서 왔습니다」(103쪽)와 같이 타지 사람들이 잘 모르는 자신이 살고 있는 지역의 가치를 한 가지만 찾아 써 보자.

[12문학01-08] 작품을 읽고 새로운 시각으로 재구성하거나 주체적인 관점에서 작품을 창작한다.

....
....
....
....

▷ 「집으로 돌아가자」(117쪽)와 같이 사회적 참사로 희생된 사람들과 유족의 마음을 생각해 보고, 사회적 참사를 이야기한 시를 한 편 찾아 감상을 말해 보자.

[12문학01-04] 한국 문학에 반영된 시대 상황을 이해하고 문학과 역사의 상호 영향 관계를 탐구한다.

....
....
....
....

〈참고〉
2022 개정교육과정 – 선택교육과정 – 문학과 성취기준

[12문학01-01] 문학이 인간과 세계에 대한 이해를 돕고, 삶의 의미를 깨닫게 하며, 정서적·미
　　　　　　　적으로 삶을 고양함을 이해한다.
[12문학01-02] 문학의 여러 갈래들의 특성과 문학의 맥락에 대해 이해한다.
[12문학01-03] 주요 작품을 중심으로 한국 문학의 범위와 갈래, 변화 양상을 탐구한다.
[12문학01-04] 한국 문학에 반영된 시대 상황을 이해하고 문학과 역사의 상호 영향 관계를
　　　　　　　탐구한다.
[12문학01-05] 한국 작품과 외국 작품을 비교하며 읽고 한국 문학의 보편성과 특수성을 파
　　　　　　　악한다.
[12문학01-06] 문학 작품에서는 내용과 형식이 긴밀하게 연관됨을 이해하며 작품을 수용한
　　　　　　　다.
[12문학01-07] 작품을 공감적, 비판적, 창의적으로 감상하며, 다양한 방식으로 작품에 대해
　　　　　　　비평한다.
[12문학01-08] 작품을 읽고 새로운 시각으로 재구성하거나 주체적인 관점에서 작품을 창작
　　　　　　　한다.
[12문학01-09] 다양한 매체로 구현된 작품의 창의적 표현 방법과 심미적 가치를 문학적 관점
　　　　　　　에서 수용하고 소통한다.
[12문학01-10] 문학을 통하여 자아를 성찰하고, 타자를 이해하며 상호 소통한다.
[12문학01-11] 문학을 통해 공동체가 처한 여러 문제들을 이해하고 문제 해결에 참여하는 태
　　　　　　　도를 지닌다.
[12문학01-12] 주체적인 문학 활동을 생활화하여 지속적으로 문학을 즐기는 태도를 지닌다.

〈출처: 한국교과서협회 홈페이지(https://www.ktbook.com/) – 자료실–교과서기본정보–2022개정교육과
정–총론및각론–국어과〉

어른이 되는 것은 무섭다
2025년 10월 31일 1판 1쇄 펴냄

지은이   오성인
펴낸이   김성규
편집   조혜주 최주연 권은하 한도연
감수   김남극 하상만
디자인   신혜연
펴낸곳   쉬는시간
주소   서울 마포구 동교로 17길 65, 501호
전화   02 323 2602
팩스   02 323 2603
등록   2019년 9월 3일 제2022-000287호

ISBN 979-11-988905-9-7 44810
ISBN 979-11-984300-0-7 (세트)

* 이 책은 한국문화예술위원회 지역예술도약지원사업의 지원을 받아 제작
  되었습니다.
* 이 책 내용의 전부 또는 일부를 재사용하려면 반드시 지은이와 출판사의
  동의를 얻어야 합니다.
* 잘못된 책은 교환해 드립니다.